DISNEY

迪士尼
正向故事集
團結的力量

新雅文化事業有限公司
www.sunya.com.hk

迪士尼正向故事集
團結的力量

作　　者：Lisa Papademetriou, Chuck Wilson, Annie Auerbach, Osnat Shurer
繪　　圖：Frederico Mancuso, Giorgio Vallorani, Dan Gracey, Andrew Phillipson,
　　　　　Disney Storybook Artists, Disney Storybook Art Team
翻　　譯：張碧嘉
責任編輯：黃碧玲
美術設計：郭中文
出　　版：新雅文化事業有限公司
　　　　　香港英皇道 499 號北角工業大廈 18 樓
　　　　　電話：（852）2138 7998
　　　　　傳真：（852）2597 4003
　　　　　網址：http://www.sunya.com.hk
　　　　　電郵：marketing@sunya.com.hk
發　　行：香港聯合書刊物流有限公司
　　　　　香港荃灣德士古道 220-248 號荃灣工業中心 16 樓
　　　　　電話：（852）2150 2100
　　　　　傳真：（852）2407 3062
　　　　　電郵：info@suplogistics.com.hk
印　　刷：中華商務聯合印刷（廣東）有限公司
　　　　　廣東省深圳市龍崗區平湖街道鵝公嶺春湖工業區 10 棟
版　　次：二〇二三年七月初版

"*Buzz Off*" by Lisa Papademetriou. Illustrated by Frederico Mancuso, Giorgio Vallorani and the Disney Storybook Artists. Copyright © 2010 Disney Enterprises, Inc. and Pixar.
"*The Rust Bucket Derby*" by Chuck Wilson. Illustrated by Dan Gracey, Andrew Phillippson and the Disney story book Artists. Copyright © 2023 Disney Enterprises, Inc.
"*Dumbo's Snowy Day*" adapted by Annie Auerbach. Copyright © 2006 Disney Enterprises, Inc.
"*A Path to the sea*" by Osnat Shurer. Illustrated by Disney Storybook Art Team. Copyright © 2018 Disney Enterprises, Inc.

ISBN: 978-962-08-8229-6
© 2023 Disney Enterprises, Inc.
All right reserved.
Published by Sun Ya Publications (HK) Ltd.
18/F, North Point Industrial Building, 499 King's Road, Hong Kong
Published in Hong Kong SAR, China
Printed in China

反斗奇兵

失靈的巴斯

羣策羣力

玩具們感到非常興奮。寶妮將會帶着胡迪、翠絲和桃麗到公園去。其他玩具都很期待可以在寶妮的房間裏過上好玩的一天。

　　不過，翠絲卻有點擔心。「請幫忙留意着巴斯啊。」她悄悄跟朋友們說。「他近來有點怪怪的，可能有條電線鬆脫了。」

　　「沒問題啊，翠絲。」火腿說。

　　然後，寶妮跑進自己的房間。「待會兒肯定很好玩！」她邊說邊拿起她的背包。

　　「要出發了，寶妮！」她媽媽從車上喚着。

　　「巴斯，現在由你負責看管這裏。」寶妮邊走邊說。「確保一切受控制，可以嗎？」

　　四下無人之際，豆豆們開始在櫃上彈跳。「我們來玩吧！」
他們叫道。
　　「好啊！」其中一隻三眼仔說。
　　巴斯卻站了起來。「等一下！」他說。「這看來太危險了。」

「你說什麼，巴斯？」彈弓狗問。他伸出頭來看着下面的巴斯，卻不小心滑腳，半身跌出櫃邊，結果令三眼仔和豆豆們都像骨牌般相繼倒下。吱、吱、咚、咚、咚！他們全都壓在巴斯身上！

　　巴斯站了起來，四處張望。「我的船在哪裏？」他用西班牙語問。

　　「糟了。」薯蛋頭先生留意到巴斯的改變。「太空怪人先生回來了。」

　　「沒錯。」火腿也同意。「他肯定換成了西班牙模式了。」

「怎麼辦呢？」彩姿問。「我們能把他修理好嗎？」

「可以啊……應該。」火腿補充說。「抱抱龍，不如用些細小的手指，找一下是哪條電線鬆脫了？」

但當抱抱龍走向巴斯，巴斯卻立刻避開。他可不想讓任何人碰他的背板呢！

「抓住他！」火腿帶頭叫道，於是其他玩具也一擁而上。

巴斯一手取下玩具屋上的窗簾，像鬥牛勇士拿着斗篷般。其他玩具試圖慢慢包圍他，巴斯卻靈巧地左右移動，大力揮動手上的窗簾。

「巴斯，等一下。」彈弓狗平靜地說。「這不是平常的你。」

「這樣有人會受傷的！」抱抱龍叫道。

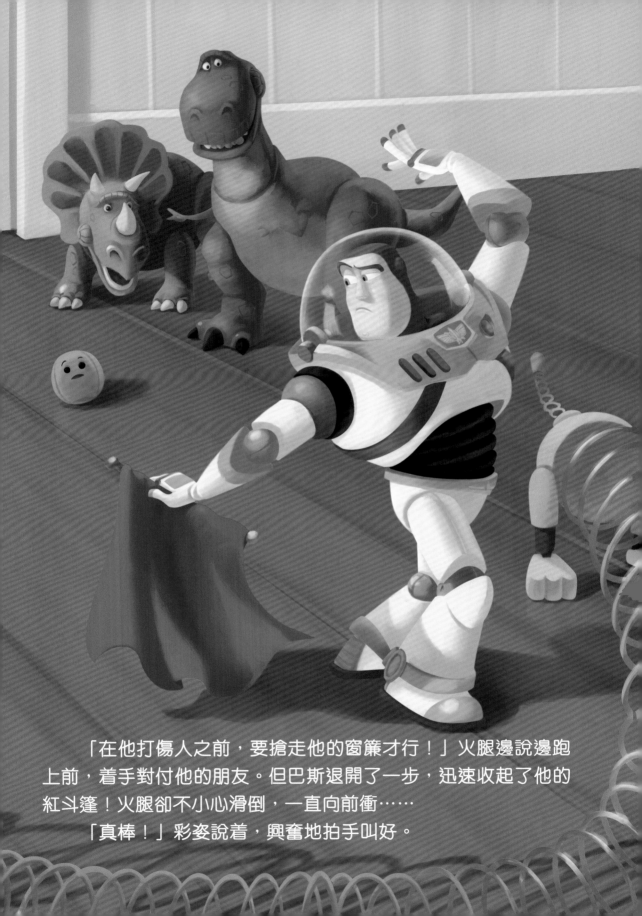

「在他打傷人之前，要搶走他的窗簾才行！」火腿邊說邊跑
上前，着手對付他的朋友。但巴斯退開了一步，迅速收起了他的
紅斗篷！火腿卻不小心滑倒，一直向前衝⋯⋯
「真棒！」彩姿說着，興奮地拍手叫好。

　　砰！火腿一頭撞上書架，然後飛到半空。玩具們都嚇得目瞪口呆，書架上有本書歪在一邊，在巴斯的頭上搖搖欲墜。

　　「巴斯，小心啊！」抱抱龍尖叫。但一切都太遲了。那本書掉了下來——剛好打中巴斯！

房間裏一片沉默，玩具們圍在巴斯附近。他是不是……壞掉了？面前的巴斯一動不動的。突然，他伸出一隻手來，推開身上的書。

13

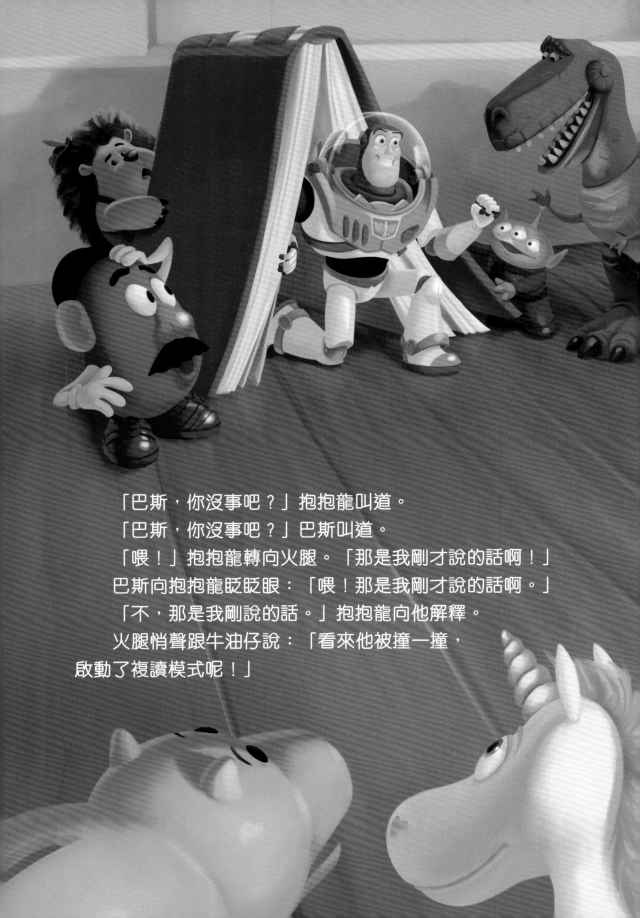

「巴斯，你沒事吧？」抱抱龍叫道。
「巴斯，你沒事吧？」巴斯叫道。
「喂！」抱抱龍轉向火腿。「那是我剛才說的話啊！」
巴斯向抱抱龍眨眨眼：「喂！那是我剛才說的話啊。」
「不，那是我剛說的話。」抱抱龍向他解釋。
火腿悄聲跟牛油仔說：「看來他被撞一撞，
啟動了複讀模式呢！」

牛油仔跑到巴斯面前。

「牛油仔，你是全宇宙最酷的獨角獸。」牛油仔笑着說。

「牛油仔，你是全宇宙最酷的獨角獸。」巴斯重複着說。

大家都大笑起來。

「我不要聽這些！」薯蛋頭先生說着，將自己的耳朵拔了出來。

「那我們該怎麼辦啊？」抱抱龍哀叫。

這真是個好問題。翠絲叫大家要照顧巴斯，但他的情況比翠絲離開前還更糟！

「我們一定要去動動他的電線。」火腿歎口氣說。

16

「要在寶妮回來之前呢！」彩姿補充說。

「在寶妮回來之前。」火腿說。

時間無多，大家必須做點什麼——而且越快越好！「怎樣『動動』他的電線啊？」彈弓狗問。

火腿想了想：「讓他在牀上跳幾下吧，我猜。」

大伙兒將巴斯搬到牀上。「跳吧！」火腿說。

「太空戰士──」巴斯一面跳，一面用西班牙文說。

「噢，不好了。」火腿喃喃自語。然後他叫抱抱龍出盡全力跳。他們必須改變現在的情況！抱抱龍跳了一下。咚！巴斯從牀上掉了下來！

　　巴斯面朝地，癱倒在地上。玩具們都從牀上跳下來看他，但他動也不動。他們將巴斯翻過來，搔他，大聲叫他。他卻依然紋絲不動。

　　火腿望着抱抱龍：「你做了什麼好事？」

　　「我只按你說的去做啊！」抱抱龍也有點抓狂地大叫。

　　玩具們都不知所措，有點害怕。這時，他們聽見門外傳來汽車駛回來的聲音。

19

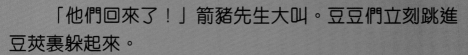

「他們回來了！」箭豬先生大叫。豆豆們立刻跳進
豆莢裏躲起來。

「趕快——我們要將巴斯修理好！」火腿叫道。

抱抱龍拆開巴斯的背板，看着一大堆雜亂的電線。

「哪一條？」抱抱龍說。「紅色還是藍色？」
火腿看着電線，隨便猜：「呃，先藍後紅吧！」
「不！先紅後黑！」薯蛋頭先生叫道：「快點！」

門外傳來一些聲音。寶妮的媽媽打開門，將寶妮的背包放進房間時，玩具們立刻躺下。她發現房間裏一片混亂！

「寶妮！」寶妮的媽媽向走廊方向叫道。「快來收拾好你的房間！」

「我已經收拾過房間了，媽媽！」寶妮在廚房裏叫道。

　　「巴斯，你還好嗎？」翠絲從寶妮的背包裏跳出來，立刻問。
胡迪和桃麗緊隨她身後。

　　「噢，嗯，他沒事的。」彩姿推着巴斯，令他坐起來。但巴
斯轉眼間又砰的一聲，倒在一旁。

　　「不關我的事！」抱抱龍哭着說。「實在有太多條電線了！」

翠絲笑着搖搖頭。然後她猛擊了巴斯的背板一下，巴斯眨眨眼，看着他的一羣朋友。

　　「怎麼了？我臉上有東西嗎？」他問。

　　一眾玩具立刻鬆了口氣。巴斯回復正常了！

　　「好了，好了，大家留意！」胡迪說。「現在趁寶妮還未回來，收拾好房間吧！」玩具們立刻齊心協力，整理好房間。

　　數分鐘後，寶妮走進房間。「媽媽要求真高。」她說。明明一切都很整齊，就跟她離開的時候一樣。

　　然後她拿起巴斯：「謝謝你照顧大家，巴斯。我就知道可以放心將這裏交給你！」

反斗車王

破車體育場大賽

伸出援手

歡迎來到破車體育場！

這座體育場是屬於哨牙嘜的，他是化油市裏最優秀的拖車。雖然這裏沒有閃電王麥坤在打冷鎮建的體育場那麼高級，但哨牙嘜很喜歡這兒。

到破車體育場！

　　在破車體育場裏，哨牙嘜和他的朋友會舉行跳車和鈎輪胎比賽，有時則隨意在泥路上賽車。

　　「喂，哨牙嘜。」閃電王麥坤跟哨牙嘜一起駛進場上。「現在什麼時候了？」

　　「嘩哈！」哨牙嘜大聲叫喊。「是時候來場鈎輪胎大賽！」

就在這時，一陣低沉的隆隆聲劃破空氣。

「我認得那引擎聲。」哨牙嘜說。「那是布巴。」

布巴是一輛很巨型的拖車。他身型是哨牙嘜的兩倍，車身更光滑閃亮，而且不太友善。

布巴身後緊隨着兩輛小拖車。他們四處張望。「你說得對啊，布巴！」其中一輛說。「在這個地方設立我們公司的總部，真是完美極了！」

哨牙嘜和麥坤驚訝地望着他們。

「你們沒聽錯啊，朋友們。」布巴說。「大薯和小薯是薯仔拖車公司的老闆。他們決定要在破車體育場這裏設立總部。」

布巴詭秘地笑着。「哨牙仔，你忘了嗎？」他問。「你曾經向我發出賽車挑戰──勝者可以得到破車體育場！」

　　「不會吧！」麥坤大叫。

　　「是真的。」布巴說。「我勝出之後，就會讓薯仔公司在這裏設立辦公室。」

　　「既然這樣，」哨牙嘜說。「如果布巴說我曾經同意過這些條件，也許是真的吧。你知道我多善忘。來比賽吧！」

哨牙嘜和布巴會以三場比賽分出勝負：鈎輪胎、避交通錐、一圈衝刺。誰勝出較多的比賽，就會成為破車賽冠軍！

破車賽

「大薯和小薯會做裁判。」布巴宣布。

「這太荒謬了！」麥坤大叫。「他們是你的朋友，怎能確保他們會保持公正？」

「哦，他們看起來就是友善的小伙子。」哨牙嘜說。「沒關係，你們當裁判吧。」

大薯和小薯興奮地戴上裁判帽，然後駛上裁判台。「薯仔公司萬歲！」他們歡呼。「布巴，加油！」

麥坤快速駛到哨牙嘜身邊。「別擔心啊，老友。我會在這裏支持你的。去贏他吧！」

「鈎輪胎比賽正式開始！」小薯宣布。

阿佳將所有輪胎拋到半空。兩輛拖車立刻揮動拖鈎，在半空穿梭。

布巴發出像大貨車那樣的咆哮聲，身上的拖線一飛沖天，追着哨牙嘜的拖線。

「嘩哈！」哨牙嘜大吼。然後——呼嗖——他一次鈎到兩個輪胎……然後再鈎一個……又鈎一個！

布巴鈎到三個……差點掉了第四個輪胎，但他緊緊抓住。

他們旗鼓相當！

噹啷！
布巴的拖鈎撞向了哨牙嘍的拖鈎。
哨牙嘍鈎到的其中一個輪胎掉了下來。
布巴的輪胎數量更多！
「哈哈，我勝出了！」布巴叫道。

「但你作弊！」麥坤叫道。

「啊，布巴不是故意的。」哨牙嘜說。

布巴只是冷笑：「裁判認為怎樣？」

大伙兒都轉向大薯小薯。

「布巴那樣不算公平競爭。」小薯悄聲對大薯說。

「那又怎樣？」大薯回答。「他勝出了，不是嗎？」然後他朗聲宣布：「布巴是鈎輪胎之王！」

第二場是避交通錐比賽。

發令槍一響，哨牙嘜和布巴都立刻向前衝，高速在交通錐間左穿右插。但不久後，兩輛拖車都開始在泥地裏滑行。

「嘩！」哨牙嘜大叫。

布巴也在滑行，這令他很憤怒。他越憤怒，駕駛得越差！

哨牙嘜卻樂在其中。他平靜地轉動輪胎，很快讓車身重新受控，能輕易地繞過交通錐。必要時，他還會倒後一下。愤怒的布巴卻無法追上他。
哨牙嘜勝出！

布巴已經怒髮衝冠：「上一局你贏了，哨牙仔，但這一局你絕對不可能在賽道上贏我的！」

「是哨牙嘜！」麥坤叫道。「布巴，你啊，要去洗車了！」

大薯和小薯看着這巨型拖車的身後塵土飛揚，努力忍笑。

是時候進行最後一場比賽了：一圈衝刺。這一場的勝出者將會是今天的冠軍。

「跟你的體育場說再見吧！」布巴向哨牙嘜吼叫。「以後也別回來啊！」

比賽開始了，布巴一個箭步衝前，遙遙領先。哨牙嘜
慢慢追上，這時，布巴卻放下拖鈎。
　　轟！

　　布巴的拖鈎重重落在哨牙嘜面前的地上，濺起了火光。
　　「布巴！別這樣做！」麥坤叫道。「這樣太危險了！」
　　布巴冷笑幾聲，繼續讓拖鈎在地上滑來滑去。哨牙嘜無
法超越他！

布巴轉入最後一個彎位，突然間，他的鈎卡住了。
布巴被拉着倒後……還翻了車！

「啊啊啊！救命啊！」布巴叫道，他側躺着。
　　哨牙嘜立刻煞停。「等一下，布巴！」他叫道。
哨牙嘜像牛仔般揮動拖鈎，鈎住了布巴的窗。他用盡
力拉，卻無法拉起布巴，因為這輛巨型的拖車太重了。

「大薯小薯！」哨牙嘜叫道。「請過來啊！」
他們立刻拋下裁判帽，從裁判台衝過來，驚訝地看着
哨牙嘜。「布巴想搶奪你的體育場，你還幫他？」大薯問。
「既然他遇上麻煩，我們必須幫忙啊。」哨牙嘜說。「來！
我們合力應該可以拉起他的！」

哨牙嘜、大薯和小薯各自鈎住布巴，然後一起盡全力拉。不久後，布巴終於四個輪胎着地，他得救了。

「真棒啊，哨牙嘜團隊！」麥坤叫道。

大薯和小薯都一起歡呼。

萬歲！哨牙嘜仍是破車體育場的主人和郡上最棒的拖車。
布巴一語不發，逕自離開。
「哨牙嘜先生，你可以教我們怎樣鉤輪胎嗎？」小薯問。
「當然沒問題啊。」哨牙嘜說。「非常歡迎新朋友啊！」

DUMBO

小飛象

下雪的一天

團結一心

小飛象是一隻很特別的大象——他的耳朵很大，可以像鳥兒一樣在天空中翱翔。小飛象跟他的媽媽大象夫人一起在馬戲團裏表演。在寒冷的一天，馬戲團的動物需要起程前往另一個城市。他們所乘搭的火車——小凱西，在下雪的路上艱難地前行，他的車輪在結了冰的路軌上很容易打滑。

　　之後，小凱西認為這樣趕路太危險了，他停了下來，大家都在等雪勢緩和。

　　火車停了，小飛象很開心。因為他從來沒有在雪地上玩過！
原來在雪上走路是這麼奇怪的，就像踩着冰凍的沙那樣。

　　「你做到的！」大象夫人說着，用鼻子溫柔地撫摸他。

　　不久後，小飛象掌握了在雪上行走的竅門。他很喜歡踏出每
步時發出的聲音：咔嚓——咔嚓——咔嚓。

整個早上，小飛象
和他的媽媽都在雪中
嬉戲。他們用鼻子堆雪
球，又堆起雪象。他們
還在雪中捉迷藏！小
飛象和他的媽媽一路
探索着雪地，離火車越
來越遠了。

突然間，小飛象從一個陡峭的山坡滑下去，他呼喚媽媽一起過來。但當大象夫人走到山坡下，她卻發現自己無法爬回山坡上！

　　小飛象用力推，也試着拉，但一切都徒勞無功。大象夫人腳下一滑，又再往下滑，差不多到了崖邊。

　　「你要飛去尋求幫助啊。」大象夫人告訴小飛象。

　　於是小飛象起程，用盡雙耳的力，飛快地前進。他飛往火車的途中，寒風凜冽，強風的阻力越來越大，冰雪不只刺痛他的雙眼，也凍傷他的腳趾。

　　最後，小飛象的耳朵太冷了，無法飛行。他只好停下來等寒風過去，也開始擔心他的媽媽。

強風變弱之後，小飛象立刻飛回火車。他趕快讓各動物聚集起來，並請求他們幫助。

「還等什麼？」老鼠提摩太叫道。「我們要去拯救大象夫人啊！」

小飛象帶他的朋友回到崖邊。

他們找到大象夫人的時候，
烈風已將她吹得更近懸崖邊了。
大家都知道必須快點想辦法！
　　「噢，天啊。」長頸鹿擔
心地說。「我們要怎樣到下面
幫忙？」

　　提摩太打了個響指──他有一個主意。「大家排成
一列！」他叫道。他命令大家抓住前面動物的尾巴。鴕
鳥站在隊伍的最前，負責將頸項伸長到崖下，抓住大象
夫人的鼻子。

　　「一、二、三，拉！」提摩太叫道。

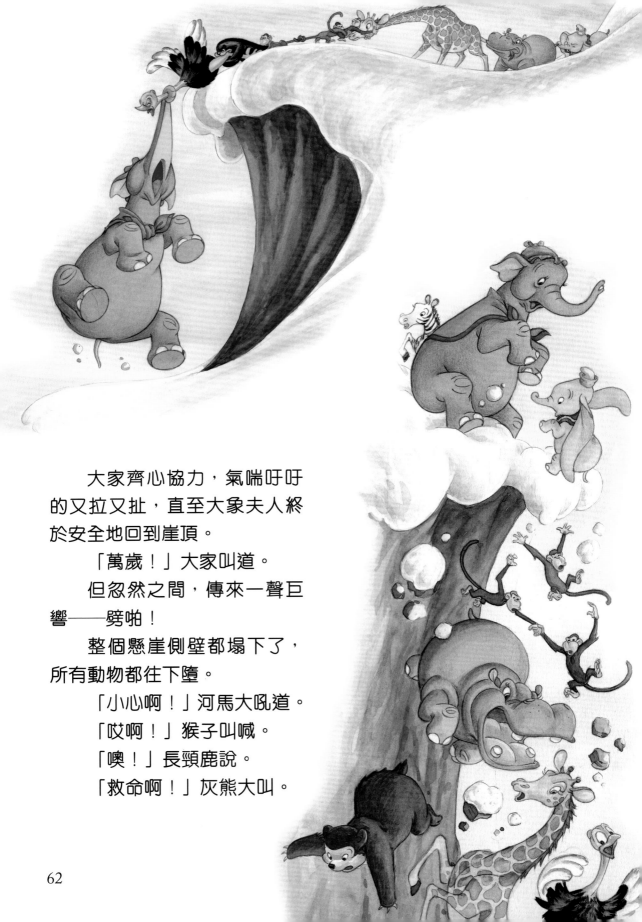

大家齊心協力，氣喘吁吁的又拉又扯，直至大象夫人終於安全地回到崖頂。

「萬歲！」大家叫道。

但忽然之間，傳來一聲巨響——劈啪！

整個懸崖側壁都塌下了，所有動物都往下墜。

「小心啊！」河馬大吼道。

「哎啊！」猴子叫喊。

「噢！」長頸鹿說。

「救命啊！」灰熊大叫。

　　所有動物都堆成一團，滾下山坡。很快地，他們已經
變成一個巨大的雪球！

　　「怎樣剎停這東西啊？」他們一邊快速滾動，提摩太
一邊大叫。

　　雪球越滾越快，直至⋯⋯

咚！砰！轟！噢呼！

動物雪球滾到山腳，然後散開了。

「大家還好嗎？」提摩太整理着帽子問道。

幸好，大家都沒事——只是有點暈眩，剛才那趟意料之外的
雪地旅程實在刺激。大家開始慢慢走回火車的方向。雖然走路沒
雪球滾得快，但起碼沒那麼可怕！

　　那天晚上，大象夫人替小飛象洗了個暖水澡。

　　「謝謝你今天飛去尋找幫助。」大象夫人對兒子說。「我為你感到自豪。」

　　小飛象笑了，將一鼻子水噴到自己頭上。

　　「喂！別忘了我啊。」提摩太從他的茶杯浴缸裏叫道。「我也有幫忙呢！」

　　大象夫人點點頭：「你幫了很大的忙，謝謝你。」

　　「啊，嗯。」提摩太說。「不客氣，舉手之勞而已。」

　　是時候睡覺了。小飛象蜷着身子依偎着他的媽媽，提摩太也睡在小飛象的大耳朵下。「晚安，親愛的。」大象夫人柔聲說。

　　「祝好夢！」提摩太說。

　　小飛象很快便睡着了。明天他和馬戲團的動物會在另一個城市裏表演，為幾百名孩子帶來愉快的回憶。如今，外面白雪紛飛，小飛象很開心可以和他的媽媽留在溫暖安全的地方休息。

通往大海的路

守望相助

慕安娜愛極了大海。她很喜歡游泳、划獨木舟，也喜愛在岸邊散步。當慕安娜長大了，德蘭嫲嫲教會了她怎樣滑浪，而慕安娜也花很多時間去練習。

她首先會划出大海，然後浮在滑浪板上等待。待適當的時機，她就會立刻站在滑浪板上。要在滑浪板上保持平衡相當困難，但每當慕安娜成功讓海浪載她回到岸邊，她便會非常享受！

有一天，當慕安娜和豬包正在等待海浪的時候，
有一隻海龜向他們游過來。

　　他直接游到慕安娜的面前，望着她。她看着海龜在她旁邊游着，便跟他打個招呼。「你好。」她說。
　　這隻海龜有種似曾相識的感覺，但慕安娜卻想不起什麼時候或在哪裏見過他。海龜帶給慕安娜的感覺很熟悉，彷彿她從小就認識他。

海龜整天都待在慕安娜和豬包身邊，跟他們一起戲水。慕安娜滑浪的時候，海龜也似乎在她身邊滑行——還讓豬包站在他背上呢。

「你也喜歡滑浪吧。」慕安娜笑着跟海龜說。她想了想：「我叫你做小路吧。這樣你就有名字了。」

　　太陽準備下山的時候，慕安娜便拿起滑浪板，回到岸邊。「再見了，小路。」她說着，心裏有一絲傷感。不過，她知道將來還有機會見到他。

之後很多天，只要慕安娜和豬包到海裏去，
小路都會找到他們。

他們一起快樂地游泳，還會一起
滑浪，以及在海浪裏玩耍。

　　一天，慕安娜一直留在岸邊直到黑夜來臨，想要欣賞月光下閃爍的海洋。

　　「我就知道會在這裏找到你。」德蘭嫲嫲說着，走到沙灘上陪伴慕安娜。「這晚太美了，真捨不得離開。」她補充說。

　　她們二人在星光下散步，又沿路拾了一些貝殼，直至慕安娜留意到小路正在游向岸邊。

她們看着海龜爬到沙上，再爬到椰樹那邊。小路在那裏開始挖洞。

「他需要幫忙嗎？」慕安娜問。

德蘭嫲嫲搖搖頭，二人繼續安靜地留意着小路，直至小路又把洞蓋好了，然後回到水裏。

「他在做什麼啊，嫲嫲？」慕安娜問。

「你是指『她』吧。」德蘭嫲嫲笑着說。

　　慕安娜驚訝地倒抽了一口氣！

　　「你的海龜朋友剛剛在她挖的洞裏產卵，」嫲嫲說。「那裏是海龜的產卵地。世世代代的海龜都會在那兒下蛋的。」她告訴慕安娜，孵化後的小海龜是怎樣走到海洋裏去的。「當雌性的海龜長大後，就會回來這裏產卵。」她補充說。

　　「她們怎會記得那個位置？」慕安娜問。「新生的小海龜又怎樣知道海的方向？」

　　「他們就是知道。」德蘭嫲嫲說。

　　慕安娜明白了。「他們會聆聽自己的心。」她說。

　　「沒錯。」德蘭嫲嫲自豪地說。

慕安娜天天都到海龜
的產卵地檢查。

她很想知道小海龜什麼時候會孵化，也很期望能見
見他們。

有一天，慕安娜和豬包滑浪時，天空突然變得
灰暗起來。

他們立刻划回岸邊，在滂沱大雨中跑回村莊去。

回到家後，他們聽着雨點的聲音，看着屋外的
樹木被風吹彎，晃來晃去。

　　風雨過後，太陽出來了。慕安娜拿起滑浪板，趕快回
到海洋去。到了岸邊，眼前的一片景象令她難以置信：風
雨將一棵椰子樹吹倒了，還壓在產卵地上！幸好，海龜蛋
都安全埋在地底下。但如果小海龜孵化了怎麼辦？她想。
他們可能會被困！慕安娜得快點想想辦法。

她跑回村裏，將所見的事告訴一眾朋友。「海龜蛋隨時都會孵化了。」她解釋說。

她的朋友都願意來幫忙，於是慕安娜帶他們前往產卵地去。

他們齊心協力，一起小心翼翼地移開那棵倒下的樹。

但那時，突然間，他們聽見一聲巨響——咔咧！另一棵棕櫚樹原來也在風雨中折斷了，快要倒在產卵地上！

　「快點！」慕安娜催促說。「將樹推離這裏。」
　大家都圍着那棵折斷了的樹，出盡全力推，直至樹幹完全
斷開，倒了下來。「我們成功了！」慕安娜歡呼，也鬆了口氣。

第二天，慕安娜和德蘭嬤嬤在海邊
隨着海浪起舞時，慕安娜留意到產卵地
有些動靜。

「嬤嬤，你看！」她興奮地說。

小路的蛋孵化了！

她們看着小海龜慢慢走出來。

有一隻海鳥忽然俯衝而下，想抓住其中一隻小海龜。這時，慕安娜立刻揚手趕走海鳥，豬包更追趕和驅逐這隻海鳥。慕安娜和朋友們保護着這些新生的小海龜，決意看守他們，直至每一隻都平安到達海裏。

93

那天稍晚，慕安娜和豬包去滑浪時，小路和她的小海龜都在附近游泳，大家一起划划水，嬉戲着。

慕安娜笑了，可以幫助小路的小海龜游出大海，令她感覺很棒。而跟一眾海龜享受大海之美，更是慶祝小海龜出生最棒的方法。